U0009717

☆ 孩子的第一本認識軍人繪本 ☆

守護台灣領土的
海空英雄

★ ★ ★

企劃　小木馬編輯團隊

作者　王致凱　繪者　沈恩民

我的班上有很多酷同學，

阿明很會說笑話；

小暉所有運動都很拿手；

雅雅能畫出漂亮的畫；

小萱每次都能考第一名；

安安，
我教你！

奇奇有一雙巧手，

能把紙摺成各種動物。

而ㄦ我ㄨㄛˇ，是ㄕˋ一ㄧ個ㄍㄜ˙很ㄏㄣˇ容ㄖㄨㄥˊ易ㄧˋ害ㄏㄞˋ羞ㄒㄧㄡ的ㄉㄜ˙平ㄆㄧㄥˊ凡ㄈㄢˊ小ㄒㄧㄠˇ學ㄒㄩㄝˊ生ㄕㄥ。

不過，我的家人可不平凡哦！

萬里無雲的藍天、或是烏雲密布的陰天，

我的堂姐都在天空中飛行。

港口吹來的鹹鹹海風，

可能是爸爸努力工作的汗水變成的。

我的堂姐不是空服員。

她是空軍飛行員，

幻象2000戰鬥機駕駛員。

我的爸爸不是漁夫。

他帶領巨大的軍艦，

是海軍飛彈巡邏艦的艦長。

我以他們為榮，雖然不能每天見面，有時我會覺得很想念。

我的堂姐看起來和其他女生沒什麼不同，
但是當她束起頭髮，穿上飛行裝，在基地
待命時，真是帥氣極了！

每當有不明飛機靠近台灣領空時，她得要
在短短時間內著裝完畢，駕駛戰鬥機升
空，在空中巡邏並示警，駕駛幻象2000戰
鬥機的堂姐看起來好厲害、好勇敢啊！

堂姐說，她最想保護的珍貴事物，就是她在 20000 英尺高空往下看，那塊綠色的寶島，島上的所有人。

我的爸爸和其他同學的爸爸有點不一樣，
我的爸爸每天不一定都能回家。
有時候甚至一個月才能見到他一次。

武器保養

消防訓練

爸爸負責指揮軍艦上的所有弟兄，在海面上保衛我們所有人的安全。

他白天在軍艦上，晚上也在軍艦上，就算軍艦停靠在港口，也有忙不完的任務。

停靠港口時要體能訓練。
練習船上成員落水時的救難訓練。

艦長

落水救難訓練

警告，
你已進入台灣海域，
請盡快離開！

軍艦不只會停靠在港口，身為艦長的爸爸還要領著所有弟兄出海好幾天。

在台灣周圍海上巡邏，預防不明軍艦入侵台灣海域；也會保護出海捕魚的漁民。

在這段期間，都無法聯繫到爸爸，媽媽和我都會非常擔心。

爸爸會害怕嗎？
爸爸會想我嗎？

我參加了學校運動會的大隊接力，
我很害怕，我擔心跑不快拖累大家。

好不容易等到堂姐休假，
我問堂姐，要怎麼變勇敢呢？

堂姐說「勇敢」是需要學習的。

就像開戰鬥機一樣，堂姐一開始什麼都不會，也會害怕。

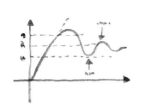

要一步一步的學習戰鬥機的知識；還要模擬在空中駕駛戰鬥機的訓練；當然……也有做不好、難過哭泣的時候；堂姐說，勇敢是經過一次一次的嘗試和挫折，在心中慢慢茁壯。

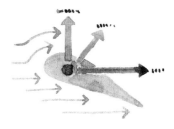

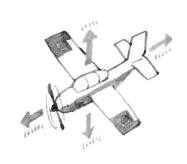

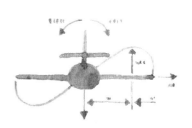

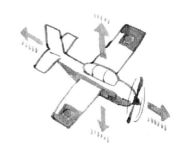

我也要一直練習，才會有勇敢的表現，堂姐還說「誠實」也很重要。

在執行任務時，犯了錯不能怕被罵，一定要誠實回報。只要有一點點隱瞞，都可能害其他人受傷，甚至失去生命。

爸爸平常都在忙，接力賽那天，他特地請假來看我比賽。雖然練習的時候扭到腳，但我一定可以好好表現。

上場前，平常話不多的爸爸，還特別到我身邊打氣。

爸爸說，參加大隊接力的我，和我的同學，就像是在軍艦上的海軍。

我們在同一艘艦艇上出任務，沒有人可以單獨成功或失敗，所以大家要一起努力、合作，共同作戰。

安安，
爸爸為你加油！

帶著爸爸的叮嚀，
我信心十足的上場，

預備好姿勢，等著同學加速奔向我，
伸出接力棒，

接棒！

「好痛！」

我跌倒了。

我們輸了接力賽……

如果我能像堂姐說的 「誠實」，
勇敢對大家說出我的腳受傷，
是不是結局就會不一樣了呢？

雖然我們班上是最後一名，但是每個同學都來關心我。想起堂姐說的話，我不好意思的說：「對不起，我練習時扭到腳，卻沒有跟大家說……」

「安安，你全力以赴，真的很棒！」爸爸在我旁邊輕聲安慰。他摸摸我的頭，說：「只要我們能從失敗中記取教訓，就會一次比一次更強大啊！」

堂姐說的勇敢和誠實，爸爸說的共同努力合作，我好像有一點點懂了。

我崇拜自信又勇敢的空軍堂姐，我尊敬滿心想要保護所有人的海軍爸爸。

雖然不能常常看到他們，但我只要看向天空、遙望遠方，他們就在那裡守護著我們。

問問海空英雄

Q 如何成為幻象 2000 的飛行員呢？

成為一位戰鬥機飛行員相當不容易，首先必須在學校學習很多飛行相關知識，進入空軍後，先在模擬室練習駕駛戰機，合格後才能駕駛教練機飛行，經過每個教練機型的訓練後，才能駕駛戰鬥機。除了技術之外，每日體能訓練更是非常重要，一定要維持強健的體能才能駕駛高速的戰鬥機。

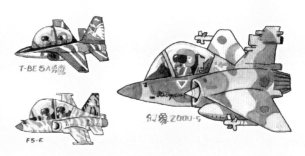

在學校學習飛行相關知識

每位飛行員都要先從駕駛 T34 教練機開始，再進階到 AT3 教練機

TBE 高級教練機訓練過關後，再練習 F5 戰鬥機，通過考試才能駕駛幻象 2000

Q 艦長如何帶領 湘江艦執行任務？

湘江艦是小型的飛彈巡邏艦，艦長、副艦長、輔導長為指揮長官，帶領艦上的五個部門分工合作。

艦務部門　　兵器部門　　作戰部門　　輪機部門　　補給部門

每個人都要知道的國防小知識

軍人保衛國土，你知道我們國家的領土範圍嗎？我們國家的領土範圍除了台灣本島，還包含周邊的島嶼，有綠島、蘭嶼、琉球嶼、釣魚台和龜山島，另外還有距離台灣本島較遠，由許多小島組成的群島，有澎湖群島、金門群島、馬祖列島、東沙群島、中沙群島、南沙群島等。

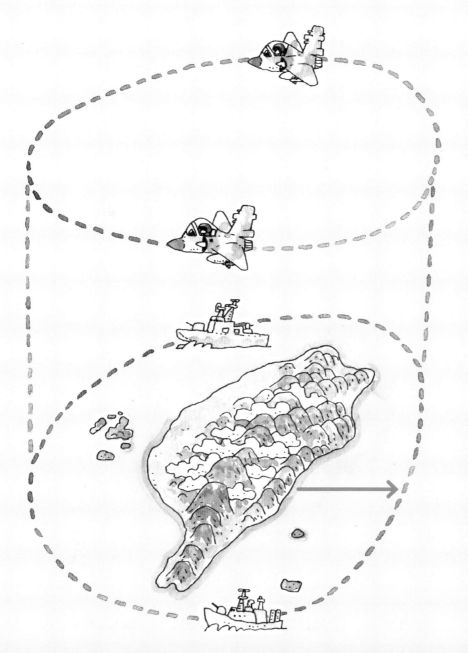

領空

領海往空中延伸的範圍，就是一個國家的領空，領空跟領海一樣，不可以隨意通行，當有外國戰機接近領空時，空軍就要出動戰機待命。

領海

台灣領海的位置從本島或所屬群島的陸地邊緣往外延伸 12 海浬，這片海域的主權為台灣所有，當有外國或不明船艦意圖進入領海時，海軍就會出動船艦提高警戒。

1 海浬 =1.852 公里

編者的話

那一張張保家衛國的臉孔

　　這本書的出版發行，是台灣第一本將保家衛國的三軍以及每位軍人背後的家人，其生活與心境呈現在孩子面前的繪本，也是童書出版的里程碑。

　　我們所生活的這塊島嶼，因為獨特的歷史和地理位置，始終是不同勢力覬覦之處；而在島上生活的我們，偶爾也會撞見防禦工事，像是營區、雷達站、飛航基地，有時則看到戰機升空、軍艦停泊港口，更不用說島內演習或是媒體上披露的各種針對台灣島的軍事活動。國防是我們生活中極為重要的一環，國防的核心除了軍備，還有每一位在崗位上執行任務的軍人。然而這個和我們生存與生活息息相關的一群人，在台灣本土童書出版的板塊中，卻是始終不曾被正視與討論的主題。

　　《孩子的第一本認識軍人繪本──守護台灣領土的海空英雄》是小木馬編輯部連同作、繪者進入營區採訪現役軍人，經由嚴謹的編寫校對而完成。特別感謝榮民榮眷基金會與國防部的大力支持與協調，感謝新竹空軍基地蔣青樺少校、基隆威海營區的鄭堯夫副艦長受訪，協助我們更加了解軍人的任務、心境以及獨特的家庭關係，每一段訪問都讓編輯團隊感動不已，我們也希望能將這份感動如實的傳遞給我們的孩子。

　　故事裡的主角，小學生安安正在學習如何勇敢、如何強大，如同他從事軍職的家人們一樣。藉由這本書的出版，我們也想說：謝謝守護台灣島的國軍，讓我們的孩子可以安心的學習和成長。

小木馬總編輯──陳怡璇

★ 作者
王致凱

熱愛台灣南部，卻長期居住北部的屏東人。喜歡閱讀小說，也愛看漫畫、動畫，覺得幸福就是能夠沉浸在各類型的故事中。曾任兒童雜誌編輯十餘年，最愛將各種奇奇怪怪的知識，簡化成小學生能夠一目了然的文字。最希望可以用簡單的文字寫出精采的故事。

★ 繪者
沈恩民

彰化人，1980 年出生。台灣科技大學工商業設計系畢。曾於網路行銷公司擔任美術設計、在 istock、shutterstock 販售插圖。喜歡大自然，近年開始帶著畫筆進入山裡，與台灣千里步道協會、林務局、台灣山岳雜誌有多次合作經驗，並經營粉絲專頁 MINNAZOO。圖書作品《山教我的事》獲得第 45 屆金鼎獎圖書類兒童及少年圖書獎、第 43 次中小學生讀物人文社科類推介。插畫作品有《淡蘭古道》插圖、《山椒魚來了》電影海報等。

孩子的第一本認識軍人繪本 1
守護台灣領土的海空英雄

企　　劃	小木馬編輯團隊	2023（民 112）年 9 月初版一刷
作　　者	王致凱	定價 380 元
繪　　者	沈恩民	ISBN ／ 978-626-977-510-1
		978-626-977-511-8（PDF）
總 編 輯	陳怡璇	978-626-977-512-5（EPUB）
副總編輯	胡儀芬	
美術設計	蔡尚儒	**特別感謝／財團法人榮民榮眷基金會**
專書支持	財團法人榮民榮眷基金會	**提供專業諮詢、協助採訪**
出　　版	小木馬／木馬文化事業股份有限公司	
發　　行	遠足文化事業股份有限公司（讀書共和國出版集團）	有著作權・翻印必究
地　　址	231 新北市新店區民權路 108-4 號 8 樓	
電　　話	02-2218-1417	
傳　　真	02-8667-1065	
E m a i l	service@bookrep.com.tw	
郵撥帳號	19588272 木馬文化事業股份有限公司	
客服專線	0800-2210-29	
法律顧問	華洋法律事務所　蘇文生律師	
印　　刷	呈靖彩藝有限公司